AF452380

CRITIQUE

DU

MONDE.

Pensées Diverses,

PAR M. GÉRARD CABANES.

Les sentiments sont aussi variés que
le monde; l'esprit par bonds étincelle,
et les sympathies que les accidents occasionnent sont brisées par le destin.

G. CABANES.

AGEN,

IMPRIMERIE DE J.-A. QUILLOT.

1847

CRITIQUE DU MONDE.

Pensées Diverses.

L'opinion, l'intérêt et l'amour-propre sont le mobile du genre humain; les passions le font marcher, et l'esprit le dirige.

Ce qu'on appelle grand homme en politique n'est quelquefois qu'un grand intrigant qui n'agit que d'après ses passions.

Les passions c'est la partie intime de nous-même qui nous porte avec force sur l'objet que l'on désire; comme elles sont le plus souvent contraires à la raison elles deviennent la cause d'un grand nombre d'injustices.

Il y a des natures de personne qui sont toujours animées, c'est le feu de leur âme qui passe dans leurs organes, et qui leur fait connaître à leur insu des inconséquences et bien souvent des fautes.

Ce qui modifie les passions ce sont des négations contraires représentées par la raison, quelquefois par des nullités; de là cette puissance cachée dont les effets de-

4

viennent sensibles , et qui est représentée par des contrastes.

L'on s'identifie tellement avec l'objet que l'on désire, que tous les moyens quelquefois, sont bons pour y parvenir.

Tous les siècles ne se ressemblent pas ; il en est où l'intérêt particulier domine avec les passions qui nous maîtrisent ; d'autres , où c'est l'opinion ; alors ce sont les passions qu'elle réprime quelquefois , mais comme elle dépend aussi du caprice du temps et de la mode , elle doit tyranniser les personnes dans leurs goûts particuliers, comme dans leurs habitudes.

Les hommes sont plus ou moins heureux d'après les souvenirs du passé qui leur servent de guide pour un meilleur avenir.

Les vertus qu'une époque représente sont regardées par quelques hommes comme des filets qui servent à prendre leurs semblables.

Qu'appelle-t-on vertus? je parle de celles du siècle ; c'est quelquefois un défaut qui vient de l'éducation ou bien de l'organisation , et qui nous donne des qualités conformes à l'opinion.

Les vertus changent avec les siècles ; l'amour-propre et l'opinion en sont toujours le mobile.

Les hommes sont toujours conformes à leur nature ; l'homme froid le sera dans toutes les occasions de la vie ; l'homme passionné n'éprouve le plaisir de l'existence qu'au milieu des tempêtes.

Quelqu'élevé que soit le génie d'un homme, la fortune est encore plus grande que lui ; elle le place quelquefois au-dessous même de ses actions.

La position des autres nous touche d'une manière toujours accidentelle ; nous ne regardons qu'avec un intérêt réel ce qui concerne nos personnes.

Ce que nous appellons vertus n'est quelquefois qu'une finesse grande de l'esprit, qui nous fait prendre les choses bonnes pour les meilleures que nous cherchons.

On feint quelquefois de l'aversion pour un objet que l'on ne peut atteindre ; c'est le renard de Lafontaine, ou mieux encore, c'est la critique du monde sur des vertus qui nous manquent.

Les conseils du monde sont faciles et nombreux, mais la position d'une personne malheureuse restera toujours la même.

Le remède que nous apportons à nos souffrances ne provient pas d'ordinaire de la philosophie ou de la raison, mais d'un accident qui se porte sur la sensibilité et qui nous jette dans l'oubli des choses du monde.

Il arrive quelquefois que l'objet de nos recherches nous échappe alors peut-être que les moyens qui les occasionnent disparaissent ; les accusations ne peuvent le porter que sur nos personnes.

Le malheur ne se fait ressentir que par des négations que la souffrance accompagne ; le bonheur c'est l'existence dans quelque passion ; il doit être passager comme le délire.

La vertu ne se mesure pas, comme du temps des Grecs et des Romains, à la hauteur des hommes, mais on la met dans une balance ; c'est celle de l'opinion.

Dans un siècle de raisonnement il y aura progrès, c'est l'instinct de la raison qui se met à la place des passions et qui forme l'esprit social ; il y aura progrès sous les rapports sociaux, mais non de société ; l'homme qui raisonne ne fait que cacher son esprit ; dans son particulier il est toujours le même.

Ce qui est apparent attire d'ordinaire l'envie ou la jalousie des personnes ; la critique doit être la conversation du monde.

Nos qualités physiques ne sont pas au niveau, quelquefois, de nos qualités morales ; alors c'est la pensée qui augmente ; mais comme elle dépend aussi en partie de la bonne organisation, elle doit s'appuyer sur l'éducation.

Ce qui nous flatte dans le monde c'est le

ridicule des uns, les mauvaises manières des autres et la critique de tous.

Le charme de l'illusion fait la jouissance de la vie ; le malheur est accompagné du doute à la suite des accidents que les choses réelles occasionnent.

L'amour-propre est tellement grand que l'on cherche encore des raisons et que l'on en trouve toujours à la suite des positions nouvelles qui nous arrivent.

L'égalité parmi les hommes ne saurait être prise sur la critique du monde ; l'on ne se voit que pour se chercher des défauts, et c'est la division qui nous accompagne à la suite de nos paroles.

Si le sentiment des personnes était au niveau de leurs physionomies je croirais le monde heureux ; mais c'est l'opinion qui nous enchaîne, ce sont les passions qui nous bouleversent.

Les conseils que nous donnons ne viennent pas toujours de la charité ; mais le plus souvent de la jalousie, quelquefois de la malice, et encore plus de cette façon de nous considérer, qui nous met, dans cette occasion, au-dessus d'un autre.

Ce qui fait le mobile des actions ce n'est pas l'orgueil des grandes choses ce qu'on appelait autrefois la gloire ; mais c'est l'intérêt des petites ; les hommes aujourd'hui sont plus nombreux qu'autrefois ; les grandes actions sont plus rares.

La vertu, pour les choses qui nous concernent, est tellement grande, que nous prenons toutes les formes pour parvenir au but que nous désirons.

Nous nous trompons souvent dans les choses de la vie ; mais il est un point sur lequel nous nous trompons bien rarement : c'est celui de nos intérêts.

La raison, chez l'homme, c'est le plus souvent la partie intime de nous-mêmes qui, tombant en défaillance, se met à lutter contre la raison générale des choses qui l'emporte dans la tombe à son insu.

La raison veut une chose, son esprit en cherche une autre, son cœur l'emporte sur un objet différent ; d'où partira sa raison véritable si elle n'est soutenue par l'opinion, l'amour-propre ou l'intérêt ?

La fatalité des choses accidentelles se trouve placée à côté des choses réelles, imaginaires de ce monde ; la philosophie nouvelle cherche à les confondre, mais l'existence du monde les repousse en lui montrant au-dessus d'elle la génération nouvelle qui commence.

L'opinion change avec les siècles ; les intérêts sont aussi divers que les personnes ; ce sont les passions qui font marcher le monde ; les hommes disparaissent avec leur siècle, les intérêts et les passions qui les divisent, et le monde reste toujours le même.

Ce n'est pas la fortune qui fait le bonheur, ce sera le caractère des personnes ; les uns le cherchent dans une position sociale, les autres dans les jouissances de l'esprit ; celui-ci dans un caprice, celui-là dans une fantaisie d'imagination toute fantastique.

Les choses n'existent que par l'imagination ; c'est elle qui fait le bonheur ou le malheur de la vie.

L'homme a besoin de son semblable dans toutes les occasions ; s'il est dans la prospérité, c'est pour faire parade de sa vanité ; s'il est dans le malheur, c'est pour se faire plaindre.

L'esprit change avec les âges ; les siècles passent avec les préjugés ; la nature de l'homme est toujours la même dans tous les âges et dans tous les siècles ; c'est encore la mode qui cherche à l'habiller.

Ce n'est que dans le bonheur que l'égalité doit faire ses recherches ; les grands ne l'ont pas encore proclamée ; je pense que la for une ne peut la donner.

Si les choses accidentelles sont placées à côté des choses réelles, imaginaires de la vie, les qualités accidentelles du héros doivent être mises à côté de la fortune.

Chacun a son esprit ; que demande-t-on ? de l'esprit, esprit des choses que l'esprit des personnes représente quelquefois ; c'est aussi celui de la raison que le monde désavoue, que l'intérêt réclame, que l'opinion proclame, et que les passions méconnaissent.

Les actions d'un héros sont encore mesurées au niveau de sa personne ; elles seront digne de louange ou de blâme d'après les accidents de la fortune.

C'est le bonheur qui conduit les hommes dans les sentiers de la vie ; la lumière qu'ils recherchent par le moyen de leur esprit, les égare souvent, et les enveloppe de ténèbres.

Il y a des hommes qui paraissent élevés au-dessus des événements de leur époque, comme le destin au milieu des ruines ; César s'était rendu maître de la fortune, Alexandre l'avait domptée.

Dans les états modernes tout est devenu multiple ; les caractères ont disparu, les passions ne sont plus cachées, et l'esprit, en augmentant, nous divise.

La franchise aujourd'hui prend la place du mensonge, mais c'est une franchise de personne qui prépare le monde à une conscience nouvelle.

Lorsque tout le monde se connaîtra, il n'y aura plus ni vices ni vertus, mais une marche d'idées nouvelles que la civilisation voudra éclairer du nom de vérités.

L'avarice, la luxure, les passions prendront la place des vertus du temps passé, et la raison leur servira de guide.

Alors l'esprit sera partout; le plus habile dans cette confusion de choses sera, comme aujourd'hui, le plus intéressé.

Les raisons de l'esprit sont différentes de celles du cœur, et les sympathies de tous les jours, sur les objets qui nous touchent, sont en aussi grand nombre que leur variété.

L'esprit, pour l'ordinaire, est aussi superficiel que la parole est légère ; ce qui touche l'âme nous subjugue; le mystère quelquefois s'en empare, la réflexion nous arrête sur le silence, et l'amour-propre nous aiguillonne sur le besoin de parler.

C'est la variété qui fait le partage des moments de l'existence, l'esprit doit en placer les motifs sur la liberté ; comme les inconstances du cœur sont journalières et que les accidents sont fréquents, c'est encore la liberté que l'on doit invoquer; elle nous élève au-dessus des misères de la vie.

Les malheurs du monde nous portent à la réflexion; le plaisir de la pensée nous prépare au bonheur.

Nous goûtons une seconde fois un objet

que nous n'avions d'abord ressenti que par des sympathies; la jouissance devient plus grande par la réflexion qui s'en empare.

Ce n'est pas l'amour qui fait en général le partage du monde, mais ce sont les sympathies; elles nous touchent dans leur simplicité, quoiqu'elles soient multiples; de là ce qu'on appelle le caprice ou bien les harmonies.

Le sentiment est quelquefois durable, mais l'amour est aussi volage que le caprice qui nous le donne.

Taille fine, démarche légère, esprit volage représente une fleur; elle doit s'attacher de sympathie avec toutes celles qu'elle rencontre.

Ce n'est pas l'amour du bien qui retient la plupart des personnes, mais la crainte de l'opinion.

La parole qui ne devrait être que l'expression franche de la pensée, nous donne le plus souvent que celle du mensonge.

L'esprit de franchise, qui occasionne les brouilleries, se porte sur des imperfections que la critique découvre; pour conquérir la renommée, il faut se revêtir du manteau de l'opinion.

Les esprits sont divers, le monde est divisé par groupes; malheur à celui qui se déplace.

L'existence des choses se trouve toujours dans quelques rapports d'analogies avec les personnes; elle s'appuie en partie sur la vérité ; le mensonge est une négation; celui qui trompe doit se trouver placé à côté du néant et de la fatalité qu'il invoque.

Les influences qui nous environnent ne viennent pas de nos bonnes qualités, mais de la considération que la fortune donne ; c'est elle seule qui nous fait des amis.

Le mensonge, dans le monde, est souvent dressé en guise de barrière pour servir de garantie à la vérité.

Dans la nature, nous existons de sympathies avec les contrastes; dans le monde nous recherchons ceux qui nous ressemblent, et nous ne demandons des conseils qu'à ceux qui pensent comme nous.

L'amour-propre est tellement grand dans toutes les occasions de la vie, qu'on veut en savoir toujours plus que les autres.

Le mouvement des personnes varie d'après leur tempéramment; les analogies seront diverses, mais les esprits se rencontreront.

Les grandes choses arrivent dans le monde par les grands hommes; les petites ne se font que par nécessité.

Les accusations que nous portons contre les autres viennent souvent de quelque défaut que nous avons nous-même, et qui nous empêchent d'apercevoir des qualités qui nous sont cachées.

Chacun voit les choses d'après la lumière qui lui est propre; la nature dit oui, la raison dit non, l'esprit délibère, et les sympathies, qui sont de tous les jours, à chaque instant se rencontrent; ce sont celles du cœur, de l'esprit, de l'imagination; c'est un mystère.

Nous aimons ce qui nous flatte, et notre esprit est toujours prêt à écouter le doux murmure du langage.

Nous avons plus de sentiments que d'esprit, plus d'esprit que de mots, et pour développer les choses comme il faut, les expressions nous manquent.

Les manières de voir sont aussi différentes que la figure des personnes; pour concilier les esprits sur les mêmes objets, il nous faudrait à tous des lunettes sans couleur et sans forme.

Les beaux esprits doivent avoir des jouissances grandes; ce sont celles de l'esprit, qui se retrouvent encore de sympathie avec celles du cœur lorsque c'est le bon goût qui les accompagne.

Nous n'apercevons autour de nous que des formes; la substance des choses nous est toujours cachée.

L'on ne doit jamais faire parade des agréments que la nature nous a donnés, c'est aux étrangers à le remarquer ; les compliments qui nous arrivent alors, peuvent passer pour véritables.

C'est en vain que l'on cherche quelquefois à nous donner des qualités qui nous manquent ; la bonne éducation y supplée de temps en temps, en nous faisant apercevoir la superficie des choses.

Nous aimons ce qui nous touche ; nous nous plaisons dans les souvenirs du premier âge ; ce sont les impressions les plus grandes de la vie.

On est toujours prêt à donner ce qui nous paraît le plus léger ; les paroles et les conseils sont beaucoup plus faciles que l'argent qu'on nous demande.

Les félicités de ce monde sont d'une fragilité bien grande, lorsque l'on vient à songer qu'elles dépendent du caprice, ou de l'opinion.

Nos défauts suivent la trace de nos imperfections, qui se creusent en vieillissant, comme les rides du visage.

Dans les accidents qui nous arrivent, nous sommes toujours prêts à nous justifier, lorsque personne nous remarque ; c'est par amour-propre que nous nous redressons, et non pour une faute.

Comme c'est notre esprit le plus souvent qui nous dirige, et que c'est notre cœur que nous consultons, nous nous trouvons quelquefois en contradiction avec l'esprit du monde, qui nous entoure.

Dans les conseils que nous donnons, nous n'entrons jamais dans la position ni dans l'esprit des autres; c'est notre opinion particulière que nous tâchons de faire prévaloir.

Les qualités de l'esprit sont quelquefois en opposition avec les vertus que le siècle proclame; le meilleur politique, dans le sens de ses intérêts, sera celui qui marchera d'après l'opinion.

Nos intérêts sont devenus tant de fois multiples dans le choc des passions, que la vieillesse, par temps, ne saurait nous représenter que l'écorce d'un homme.

Ce n'est pas l'amour des choses qui porte nos destinées dans le mouvement de la vie, mais c'est le plus souvent la sympathie des contraires qui nous entraîne, par faiblesse, nous donne des passions, et nous force à prendre un parti comme une garantie.

Dans les entraînements du monde, ce n'est pas la raison des choses que nous cherchons, mais celle de nos intérêts.

Nous agissons le plus souvent par des motifs de sympathie; elles sont isolées comme les personnes qu'elles touchent. Que serions-nous sans elles ? et que seraient-elles sans l'imagination qui nous les représente à la pensée ?

Le plus habile ce n'est pas le plus fin , mais c'est celui dont les vues sont les plus grandes.

Il y a des personnes de beaucoup d'esprit que les réflexions du genre renferme toujours dans une rondeur de cercle ; elles se trouvent au niveau des autres, lorsque l'échafaudage qui les couvre, vient à se briser.

Comme les qualités sont contraires ainsi que les défauts, il arrive parfois que les traits qui nous sont lancés s'émoussent en nous frappant, comme si nous portions une cuirasse.

Ce qu'on aime dans le monde, c'est le mouvement et la vie. La faiblesse de l'esprit nous sert quelquefois de garantie contre l'agitation du cœur qui nous dévore.

Le monde est un chaos de sentiments et d'opinions, celui qui s'y livre tout entier n'appartient plus à lui-même.

Qu'est-ce que l'homme ? Par l'éducation, il devient l'expression de son siècle, et lorsque les passions l'emportent, il disparaît entièrement pour devenir le miroir des défauts que le monde présente.

Nos défauts nous sont redressés par l'éducation ; en les abandonnant, nous prenons ceux du monde.

En nous donnant son esprit, le monde nous forme à ses manières, et il se met à la place du nôtre qu'il dépossède.

Il y a le monde de la nature ; c'est celui du jeune âge ; il n'est formé que par les sympathies dont il est environné ; il y a aussi le monde de sociabilités ; c'est celui de la fiction ; les sympathies alors changent comme les objets, et c'est à la suite de l'inconnu que nous marchons.

Les passions, qui deviennent notre partage, nous forment pour une existence nouvelle ; ce n'est plus la pensée qui agit en nous, mais les fictions, l'imagination, l'amour-propre.

Comme c'est l'opinion qui nous pousse dans le monde, ou bien le désir de satisfaire nos passions ; ce sera la vanité qui nous servira de guide, et l'amour-propre nous prêtera ses paroles.

La vanité serait encore plus grande, si elle n'était retenue par l'opinion qui nous domine, ou bien par les barrières du goût qui, parfois, nous dirige.

Il en est aussi, dont l'esprit se forme en harmonie avec les sentiments dont ils sont pénétrés ; alors, c'est cet esprit des bienséance, qu'on appelle le bon goût, qui les dirige, et qui se rencontre dans toutes les circonstances de la vie.

Dans le siècle où nous sommes, l'esprit devient complexe, et les choses multiples, l'on se voit le plus souvent par intérêt, et les compliments que l'on se fait, sont accompagnés de grimaces.

L'esprit du genre est toujours singulier; les personnes, le plus souvent, sont contrefaites; chacun cherche l'uniformité sous le costume de la mode.

L'esprit varie comme la position des personnes; c'est de là que naquit la raison, c'est-à-dire l'esprit de convenance de chacun dans le cercle qui l'entoure.

Ce qui fait la renommée des hommes vient quelquefois de la petitesse de ceux qui les avoisinent, ou bien de la grandeur usurpée de leur antagoniste.

L'occupation et les plaisirs doivent être le partage du monde; les réflexions que nous faisons dans le silence des passions, nous présentent le tableau de nos misères sous le voile de la tristesse.

Penser à soi, c'est rencontrer l'ennui, la force de notre esprit, la faiblesse; ou bien la force de nos organes nous porte sans cesse en dehors de nous-mêmes.

Qu'est-ce que l'homme? Dans le monde, ce sera le plus souvent un intrigant que les

passions alimentent et désaltèrent. Que se-
ra-t-il dans la méditation? Son esprit encore lui échappe, son regard se tournera
vers le ciel.

Dans le monde, nous agissons par intérêt ou par égoïsme; et dans toutes les occasions de la vie, c'est le moi qui disparaît
pour faire place à l'opinion du temps, ou à
l'esprit du monde qui nous dirige.

Les grandes choses s'appuient sur des
réalités imaginaires ou positives; leurs expressions, quoique rares, seront toujours
techniques; les petites, qui ne s'appuient
que sur des nullités de personnes, deman-
dent une grande quantité de mots, qui ne
servent qu'à couvrir le vide.

L'esprit est toujours conforme à la position des personnes; nous ne jugeons les autres que d'après nous-mêmes; les opinions
seront multiples, et les conseils véritables
bien rares.

Le plaisir du choix dans la pensée, qui
provient d'une délicatesse de l'esprit, peut
s'allier à cette richesse d'expressions que le
bon parleur nous étale; alors c'est l'amour-
propre qui se transforme, et qui se met à
la recherche du sentiment de grandeur et
d'élévation qui nous est propre.

La mesure des expressions ne doit se
rechercher que dans la mesure des choses.

L'amour-propre quelquefois est tellement grand, et l'esprit des convenances tellement déplacé, que l'on se met à la recherche des louanges, pour les mauvaises choses, aussi bien que pour les bonnes.

Qu'est-ce que l'esprit des convenances ? c'est l'opinion, je crois, et rien encore moins que l'opinion ; chacun fait ce qui lui plaît.

Les formes disparaissent avec les hommes ; les vertus changent avec les siècles.

La louange du mérite peut être représentée sous le symbole d'une fleur ; la récompense véritable d'un bienfait ne se trouve que dans la reconnaissance.

Ce n'est pas l'amour-propre chez les grands hommes qui sert de mobile à leurs démarches, mais c'est le sentiment de leur grandeur qui les élève toujours au niveau de leurs personnes.

C'est par des sympathies de tout genre et de toute nature que nous sommes influencés dans le monde ; nous fesons toujours ce qu'on veut, et dans les souvenirs nous ne sommes jamais à la recherche de nos faiblesses.

Les sympathies de l'homme des champs, sont en aussi grand nombre que celui des villes ; il se retrouve d'intelligence avec le bruit des vents que le chêne murmure, le son quelquefois plaintif d'une cloche, et la roche brisée du vallon.

Le mérite des personnes ne marche pas toujours de pair avec la renommée ; suivez les préjugés de l'opinion du siècle et vous aurez des vertus.

Les événements dépendent encore plus de la direction que de l'organisation des choses.

Ce n'est pas la raison qui nous fait changer de conduite, mais ce sont les accidents; c'est l'esprit des choses et des personnes qui se mettent à la place de la raison.

Les louanges qu'on accorde aux personnes, ne reposent quelquefois que sur des négations, et le blâme qui nous est donné, sur un mouvement que l'existence des choses réclame.

La mesure des choses se trouve dans le monde aussi bien que dans les personnes.

Qu'est-ce qu'un homme dans le monde? L'histoire ne les compte que par événements.

L'esprit du monde est répandu partout ; l'esprit des choses n'appartient qu'à l'homme d'esprit.

Quelquefois les hommes sont grands ; mais en y regardant de près, leurs actions paraissent encore plus grandes.

Tout l'esprit qu'on peut avoir ne servira dans le monde qu'au ridicule, à moins qu'on ne le tienne constamment placé entre l'opinion et le monde.

Ce n'est pas le bouquet offert à une personne qui nous attire quelquefois des faveurs, mais c'est la manière dont il est présenté.

Qu'est-ce que la raison ? Pour les uns, se sera une sottise ; pour les autres, un brin d'esprit, et pour le monde en général, un défaut, si ce n'est de l'esprit.

Nous savons, par la parole, toujours fort bien nous sortir d'affaire en parlant des autres, et dans les choses qui nous regardent, et que nous devrions connaître, nous marchons souvent de travers.

C'est la renommée qui se met à la recherche des personnes, et non les qualités qu'elles possèdent.

L'éducation forme les hommes ; l'esprit de l'art forme les sociétés ; le monde sera factice ; la vertu, comme les vices, seront factices, le gouvernement aussi sera factice.

Le vice, quelquefois, représente des qualités ; mais comme elles sont exagérées, on doit le regarder comme un défaut.

La raison est un appui ; jamais une consolation.

Ce sont les vertus négatives, souvent, qui

se mettent à la place de la raison, et qui font tout le mérite des hommes.

Notre intérêt nous porte sur un objet; notre cœur se penche vers un autre ; la raison, quelquefois, veut nous servir de conseil, et c'est l'esprit qui détermine.

La raison n'est consultée que lorsque les passions sont satisfaites.

Il se trouve des caractères d'une facilité tellement grande pour les devoirs qu'ils ont à remplir, qu'ils la confondent toujours avec les intérêts.

Ce qui provient du monde nous donne de l'orgueil, et ce qui se fait par nous, nous donne de l'amour-propre.

Nous ne voyons jamais que les choses du moment ; l'avenir nous est inconnu, et le passé nous échappe.

Ce que nous aimons dans les autres ce sont les qualités ; nous ne sommes plus bons à rien lorsqu'elles nous abandonnent.

Nous aimons, de préférence, ce qui doit durer longtemps, et toujours, et jamais le cœur ne s'arrête; le monde nous échappe; les âges s'envolent et le temps nous emporte.

Les harmonies les plus contraires finissent par nous déplaire, lorsqu'un caprice nouveau ne vient pas nous dégager.

Dans les choses du goût, comme dans

celles des personnes, ce sont des sympathies qui nous attirent plutôt que des harmonies.

Les contrastes du monde provoquent les harmonies, et le langage du ton en forme la musique.

La durée ne consiste que dans le goût des choses ; mais comme le goût passe ainsi que les personnes, l'inconstance doit être le symbole du monde.

Ce n'est point la fatigue des mêmes choses, quelquefois parfaites, qui provoquent encore les changements ; mais c'est le vague de l'inconnu inné chez tous les hommes.

Nous ne nous donnons jamais tort sur les fautes que nous commettons ; c'est toujours celui du temps, où bien des accidents plus forts que nos personnes.

Dans les fautes que nous commettons et que le monde reconnaît, sont les convenances qui nous paraissent lésées plutôt que nos personnes.

La raison, quelquefois, devient une mesure ; c'est celle des bons esprits.

Les mauvaises chances du malheur nous sont livrées par le destin ; les soupirs heureux de l'existence nous sont donnés comme un bonheur.

L'habitude amortit nos idées, et nous prépare à la réflexion ; l'esprit qui s'en empare la méconnaît toujours, et nous force à changer pour des idées meilleures.

La franchise est bonne sur un bon naturel ; elle sera dangereuse si elle devient l'expression du vice.

Le discernement des objets dans l'opinion du monde, ne viendra jamais de la raison, mais bien de l'esprit, ou mieux encore de l'opinion.

Ce qui fait les hommes, ce sont les circonstances ; l'esprit seul les conduit ; la raison quelquefois les approuve.

Nous avons tous des raisons à donner ; elles sont pour l'ordinaire au niveau de nos passions.

L'homme jeté dans le monde, ne prend de repos sous aucune tente ; la crainte et l'espérance viennent le bercer tour-à-tour sur les flots de la tempête, comme le nautonnier dans sa nacelle.

Lorsque les charmes nous abandonnent, et que les grâces s'en vont ; nous pouvons penser aussi que le monde nous rejette.

Ce n'est pas le désir du bien qui nous porte quelquefois dans la solitude ; mais c'est le repos de l'esprit qui se met à la recherche des jouissances étrangères, que des sympathies nouvelles ne peuvent lui donner.

Les empreintes de la nature sont quelquefois ineffaçables ; l'éducation qui les modifie ne fait que nous en présenter l'artifice.

Dans cette confusion d'intérêts que le monde présente, la société doit être multiple, et la tête des personnes toute remplie de multiplications.

Les intérêts sont libres ; les hommes et les femmes sont libres, et les passions véritables n'existent déjà plus ; le vice sera complexe, et les vertus toutes diverses.

Les fautes que l'on commet, sont plus ou moins grandes par rapport à l'opinion qu'à nous-mêmes ; elles servent à former notre esprit lorsqu'un voile les couvre.

La diversité des opinions porte la division dans l'esprit de l'homme, et nous engage quelquefois à devenir meilleur.

Nous sommes inexorables pour les fautes des autres, et nous sommes toujours prêts à pardonner les nôtres.

Dans les rapports contraires, nous trouvons toujours des similitudes qui nous rapprochent des personnes.

Comme ce sont les circonstances qui font les hommes, et quelquefois le génie, ce n'est que d'une manière superficielle que nous devons recevoir les éloges qui nous sont donnés.

L'esprit que l'on veut avoir, gâte souvent celui que l'on possède.

L'opinion qui est toujours fondée sur les préjugés du siècle, nous dirige dans les circonstances de la vie; l'amour-propre fait sentinelle, et la vanité nous escorte.

L'imagination réclame une partie de l'existence aussi bien que les sens; c'est sur les ailes du temps que nous parcourons la carrière de la vie.

Les nuances diverses que nous apercevons dans le monde proviennent de l'opinion autant que de la nature.

La sensibilité, quelquefois, occasionne le trouble; les défauts mettent le désordre dans le monde; la mode s'empresse d'accourir pour nous revêtir de son costume, et l'opinion, qui nous repousse quelquefois, ne fait que marcher au-devant de nos personnes.

La sérénité du visage peut être regardée quelquefois comme un masque, et le sourire comme un mensonge.

Les motifs qui nous portent à bien faire, seront toujours bons si l'opinion est bonne; ils seront quelquefois mauvais si l'opinion est vacillante.

La franchise doit être le plus souvent louée; c'est elle qui nous donne la mesure des hommes.

C'est l'imagination qui nous accompagne dans toutes les circonstances de la vie; quelquefois elle est considérée comme une folie, lorsqu'elle n'est que déplacée.

La folie des sens, c'est l'expression exagérée de nous-même; le poëte tant soit peu sensible, et l'artiste distingué, seront des fous; le négociant intéressé passera pour un homme raisonnable.

La folie, c'est l'esprit des sens ou de l'imagination qui l'emporte sur la matière; la mode est son costume; que le bonheur tranquille accompagne celui dont la dose en est imperceptible.

La vieillesse, quelquefois, nous donne de bons conseils; c'est l'imagination encore qui lui sert de guide, accompagnée de la folie.

Les âges se succèdent, les saisons passent, les températures se renouvellent; ce sont des tableaux que la nature présente avec ses couleurs et son pinceau; l'esprit les aperçoit et la poésie s'en empare.

Le positif que l'imagination accompagne peut être regardé comme une expression toujours manquée, et la poésie qui cherche à l'embellir sera placée ordinairement à côté de la folie.

L'opinion nous fait marcher; le caprice parfois nous décide, et le véritable sens des choses nous est donné souvent par les passions qui s'en emparent.

Comme c'est l'imagination et le sentiment qui font une partie de l'existence, nous cherchons, en touchant les cœurs, de vivre chez un autre.

L'opinion et l'amour-propre jettent notre esprit dans le trouble et la confusion ; pour trouver le calme que l'on recherche, il faut tâcher de se mettre au niveau de sa position.

La philosophie du siècle représente toujours la vérité, quoique l'erreur l'accompagne ; c'est une idée nouvelle, formée par la génération qui arrive, et qui cherche à exister au dépens de celle qui s'en va ; et voilà pourquoi la raison change.

Nous avons des instincts : ce sont ceux du premier âge ; mais si nous avons du goût, la poésie s'en empare ; c'est alors la vérité qui tâche de se revêtir d'un costume que l'opinion déchire.

Ce qui distingue la mode, c'est le changement et le caprice ; c'est encore la vérité à la recherche d'un costume, sans jamais y parvenir.

Les défauts que nous tâchons de couvrir, nous donnent quelquefois une certaine façon qui nous attire les grâces.

L'opinion domine sur l'esprit, comme les grâces sur le cœur.

Les devoirs de société seront regardés, par les uns, comme des bienséances, par les autres comme des tyrannies ; celui qui reçoit un bienfait, sera quelquefois bien au-dessus de celui qui le donne.

Ce qui fait que l'on s'accorde peu dans le monde sur la valeur des objets qui nous environnent, c'est qu'elle est toujours formée par la position des personnes.

L'orgueil n'est jamais satisfait, à moins que l'amour-propre ne vienne à son aide.

C'est sur des compensations cependant que la société se forme ; les bonnes manières en sont comme le pivot, et la mode la fait vivre.

La justice et la renommée se mesurent toujours sur les balances de l'opinion ; la vérité prendra autant de faces que la position et le caractère des personnes. Qu'est-ce que l'homme ?

L'imagination toute fantastique ne produit que des fantômes ; l'esprit ne bondit que par étincelles, et c'est le chaos qui devient le partage des passions.

Le mouvement d'un siècle représente l'existence d'une nation ; c'est vouloir la paralyser que de chercher quelquefois à faire des réformes.

Il n'y a que les affections du cœur qui pénètrent le sentiment; les attentions du monde ne se rattachent qu'à des sympathies.

Ce qui attire nos larmes, ne vient pas souvent de la perte de l'objet que nous regrettons, mais de la position que nous avons perdue.

Dans les visites que nous faisons, c'est sur des objets de critique que notre esprit s'arrête, plutôt que sur des qualités que notre amour-propre serait forcé de louer.

Nous nous oublions toujours pour prendre l'esprit du monde, les conseils du temps et les formes de la mode.

Que sommes-nous dans le monde? son esprit nous dépouille; le moi, qui nous y porte, disparaît, et les vagues de l'opinion nous y balancent; nous disparaissons toujours pour des fantômes imaginaires ou réels que la société nous présente.

Il arrive quelquefois que les louanges qui nous sont données, nous avertissent des qualités qui nous manquent.

La mesure des choses devrait dépendre de la raison plutôt que de l'imagination; mais il arrive le plus souvent que c'est la dernière qui l'emporte.

Le mérite factice ne se met pas à la recherche du mérite véritable pour marcher de compagnie ; il tâche, pour l'ordinaire, de gagner l'éclat du jour, au milieu des nullités qui l'éclairent.

Ce n'est pas le monde qui nous attire, mais c'est le prix des choses représentées par les passions du monde.

Nous arrivons dans le monde avec des formes, et nous n'en sommes reçus qu'avec son esprit.

En paraissant dans le monde le contraire de ce qu'on est, il arrive souvent que les bonnes choses se forment ; c'est une affirmation positive que l'on met à la place d'une négation.

Les manières ne sont pas données, mais elles sont apprises.

Le caractère chez les femmes dépend du caprice, plutôt que de la raison.

Comme ce sont les sympathies qui nous entraînent, nous agissons à notre insu dans des sens entièrement opposés, qui nous font quelquefois heurter contre la raison.

L'esprit est tellement fin pour la passion qui nous tourmente, que la volonté ne paraît plus exister, et que ce sont les événements qui font toujours les choses.

La mesure des choses, dans le monde, se forme dans la grâce du sourire, encore plus que dans leur valeur.

Nous aimons ce qui nous plaît ; c'est l'a-

34

mabilité des personnes et la beauté des choses qui nous donne de l'éloquence.

C'est la mode qui forme la société, et
c'est le bon goût qui arrange la mode.

Les goûts changent avec les âges ; le
cœur seul ne change jamais.

L'homme passionné ne sentira que l'objet de ses passions, son esprit sera simple ;
l'homme intéressé ne verra que ses intérêts, son esprit sera double.

L'orgueil nous porte quelquefois à des
vertus, mais les vertus véritables ne peuvent nous donner des vices.

Les sentiments sont divers ainsi que les
personnes ; l'accord que le monde réclame
se trouvera dans le ton, et l'harmonie du
ton dans le vague des idées.

L'on doit regarder la politesse comme
le vernis de l'éducation ; elle sert à cacher
les défauts du corps et les travers de l'esprit.

Les vices et les vertus sont toujours au
niveau de l'esprit des personnes.

Les jouissances que nous éprouvons,
nous viennent autant des natures diverses
que les sympathies représentent, que de
l'intérieur de nous-même, le plus souvent
caché.

La politesse part aussi de l'imagination ;

mais elle est aussi réelle que la société qu'elle forme est factice.

L'émulation dans le bien, qui devrait faire partie du goût, ne vient, le plus souvent, que de l'amour-propre.

L'égoïsme n'est pas seulement le partage de celui qui s'éloigne de ses semblables, il se rattache d'une manière encore plus forte aux passions qui sont toujours exclusives.

Les âmes sensibles recherchent l'existence dans les sentiments qui les pénètrent; l'homme du monde ne vit que pour lui-même.

La vanité quelquefois devient tellement grande, que c'est au préjudice de nos besoins que nous voulons la satisfaire.

La compassion que nous accordons aux malheureux, est quelquefois une expression du sentiment qui cherche des soulagements dans les consolations que le cœur demande.

Les impressions que nous recevons par le contact du monde, endurcissent tellement les organes de nos passions, que la foi n'existe alors que dans ce qui nous touche.

Toutes les passions qui nous agitent sont identiques à nos organes, mais elles ont une valeur plus ou moins grande, ainsi que les personnes.

L'expression positive d'une société dépend autant des accidents que les événements provoquent, que de l'opinion.

La justice qui dépend des hommes est le plus souvent injuste ; les motifs qui servent à la former sont aussi nombreux que les têtes.

Ce n'est point d'après la connaissance des choses que les jugements sont portés, mais d'après un seul point où la vue se repose ; les esprits, le plus souvent, sont simples, et les intérêts qui agitent le monde sont multiples.

Les fleurs que l'existence nous présente, peuvent être réclamées par les âges de la vie ; la raison qui cherche à les cueillir ne sait ouvrir pour l'ordinaire qu'un tombeau.

Comme les imperfections du monde sont nombreuses, les mystères doivent remplir une partie de l'existence.

Les talents que le monde recherche doivent nous être présentés comme des qualités ; ce sont des pulsations de vie que le mouvement réclame, et qui se mettent à la place du vide que l'opinion de tous les siècles a toujours rejeté.

Un grand nombre de sympathies arrêtent les passions ; le sentiment des choses nous subjugue ; le bon goût qui nous séduit éclaire la raison.

Les passions qui viennent de l'âme doivent durer autant que la vie ; celles qui viennent du monde ne font que suivre le cours de la mode.

La folie prendrait bientôt la place de l'imagination, si nous n'étions retenus par la vanité et la critique du monde.

Ce que l'on préfère quelquefois, dans le monde, ce n'est pas le talent, mais c'est quelque chose de particulier qui touche de près à la folie.

Les paroles souvent ne sont pas à l'unisson de la position des personnes; c'est l'imagination trompée qui se met à la place de tout ce qui existe.

Les vices et les vertus ont plus ou moins de force, d'après l'émulation expansive des personnes qui les possèdent en commun.

Lorsque nous somes portés vers le désir qui nous pousse, nos expressions sont quelquefois choisies, l'imagination nous prête alors son masque que la vérité cherche rarement à déchirer.

L'imagination qui provient des caprices nous donne quelquefois des consolations; celle qui vient de l'esprit nous jette dans les égarements du monde, et les incertitudes de la raison.

Tous les âges vieillissent; l'esprit toujours nouveau de l'homme du monde ne changera jamais.

Nous avons des moments de choix que la science réclame, que le plaisir arrête; mais le temps nous surveille, et nous ne comptons bientôt plus que par des souvenirs.

Les compliments que l'on se fait ne regardent pas d'ordinaire les personnes, mais c'est à la vanité, et à l'orgueil que l'on s'adresse.

Nous fesons ce que veut le monde, et nous suivons le torrent de la foule; notre esprit égaré ne saurait où se tenir; si l'opinion parfois ne venait prendre conseil de la mode.

Les manières de voir sont quelquefois conformes à la critique des personnes; nous nous empressons de changer avec la position nouvelle qui nous arrive.

La délicatesse de nos organes est à notre esprit; ce que le bon sens est à la raison.

Le monde ignore souvent les qualités qui nous distinguent; et la critique ne laisse jamais passer les défauts que nous avons.

L'amour propre blessé ne pardonne jamais; c'est une accusation directe de l'esprit contre le mérite réel, ou bien les qualités supposées des personnes.

Dans l'amour propre blessé c'est encore le moi qui disparaît, à la place du mérite qui nous distingue ou bien des qualités positives que l'éducation nous donne.

Les actions désintéressées de générosité touchent les âmes sensibles ; ce sont encore des actes de société que la charité réclame.

La renommée semble vouloir toujours marcher de compagnie avec la prospérité ; le monde nous accable, lorsque la fortune nous abandonne.

La pompe de l'éclat que le monde nous étale, élève quelquefois notre esprit, ou bien nous donne de la gloire.

La destinée des personnes dépend autant de la position des choses que de la fortune ; les conseils peuvent être fréquents, mais les cas accidentels sont aussi variés que le monde.

L'esprit parfois nous fait tomber, mais la folie quelquefois nous redresse ; c'est à toi, lord Byron, que ces défauts s'adressent, ce sont ceux de la gloire et de l'immortalité.

Nous avons tous quelque chose de particulier qui nous distingue ; l'amour-propre cherche à nous couvrir pour nous présenter à l'opinion qui marche de concert avec la mode.

Le monde a quelquefois raison dans l'opinion qui l'éclaire, et la mode, toute frivole qu'elle est, redresse tous ceux qui viennent la consulter.

L'imagination nous trompe toujours ; le sentiment serait réel, si les erreurs, quoique légères, n'étaient pas aussi nombreuses ;

les hommes passent tour-à-tour et se succèdent ; le monde, comme autrefois , est
conduit par l'opinion.

Nous nous empressons de raconter ce qui
nous flatte, et nous nous flattons toujours
dans le souvenir de nos pensées.

Ce serait le plus souvent au son de la
trompette épique ou de la lyre, que nous
chercherions à former notre langage ; mais
le ridicule nous redresse et nous présente
à l'opinion.

C'est quelquefois l'amour-propre qui
nous porte au silence, et c'est la vanité qui
nous engage à parler.

La finesse d'esprit appartient à la faiblesse , et la force de l'âme au grand
cœur.

Les moments heureux de la vie sont quelquefois aussi légers, que l'imagination est
volage ; nous fesons le bonheur comme
nous chantons une romance ; c'est un pa-
pillon qui voltige, c'est une gaze légère qui
vient de nous toucher.

Le monde, dit-on, va toujours de travers ;
l'opinion l'avertit, et la mode le redresse.

Comme c'est le plus souvent le hasard
qui est la cause de nos aventures , le souvenir qui les accompagne doit disparaître
avec les personnes qui servent à les former.

La fatalité doit être regardée comme le symbole des accidents de la vie, et l'opinion qui cherche à nous relever, nous présente toujours le miroir de la mode.

L'on se recherche par sympathie, l'on se parle souvent avec indifférence, et lorsque l'on se retire, c'est le dépit et la jalousie qui nous accompagnent.

La vérité pour l'ordinaire ne réside que dans la force de l'esprit ; la faiblesse a besoin d'un manteau pour se garantir des injures que le temps et l'opinion nous occasionnent.

L'énergie du caractère et les sentiments de simplicité que la patrie réclame, fesaient autrefois tout le costume des Grecs.

Les positions sont accidentelles comme les personnes ; en nous tenant tout de travers, dans la carrière de la vie, nous ne faisons souvent que suivre la marche du destin.

C'est le sentiment des bonnes choses qui nous donnent des sympathies durables ; celles du vice ne correspondent qu'à l'imagination, et nous forcent le plus souvent d'avoir recours à la mode.

L'amour doit ressembler à ces boutons de rose que le souffle du matin fait éclore ; le parfum de leur calice ne se répand dans les airs que lorsque les zéphirs les touchent.

Simplicité du cœur, légèreté d'esprit ne doivent jamais craindre les murmures du monde ; l'habitude se met à la recherche de la raison que l'opinion écarte , et que la mode ne reconnaît jamais.

L'esprit se forme toujours aux dépens de la folie , et c'est la folie qui nous distingue sous les formes de la mode.

Notre sagesse dépend autant des circonstances que de la raison , qui cherche toujours en vain à lui servir de guide.

L'existence que l'on recherche dans le monde , peut être comparée aux mouvements d'une nacelle que tous les vents de la tempête balottent.

Les passions ne sont jamais simples, elles sont toujours multiples ; le voile qu'elles déchirent dans tous les sens , finit par toucher l'âme.

Les défauts accidentels qui surviennent dans l'ombre , occasionnent souvent des brèches que l'opinion ne répare jamais , et que la mode quelquefois arrange.

Le ridicule souvent est un défaut du jour que la mode aperçoit ; le préjugé de l'opinion nous prètera son manteau pour nous mettre à couvert de la mode.

Les grands défauts n'existent dans le monde qu'à la faveur des qualités qui leur sont opposées ; voilà pourquoi l'on a coutume de dire , que les grandes fautes appartiennent aux grands esprits.

Le monde pardonne rarement au mérite véritable ; les ennemis que nous avons , nous viennent de nos qualités plutôt que de nos défauts.

Les sympathies , quoique contraires , se font ressentir dans leur sens véritable de nature ; le sentiment sera multiple , et les jouissances de l'esprit variées , malgré l'opinion qui parfois nous dégrade

Ce ne sont pas les choses qui nous sont racontées quelquefois que nous écoutons ; mais c'est le son de voix de celui qui parle , ou mieux encore c'est le ton de la chanson.

Le faux ton de l'esprit que l'opinion redresse, trouvera quelquefois de l'écho chez quelque bel esprit ; les défauts de la mode ne sont pour l'ordinaire reconnus de personne.

C'est l'amour-propre dans le monde qui alimente nos passions ; les préjugés nous les donnent, et la mode seule en fait le prix.

Ce qui nous attire le ridicule, c'est quelquefois le sens opposé des contraires par rapport à notre esprit ; pour se faire bien venir du monde, il faut se mettre à la mode.

L'esprit, qui représente la nature des choses ou des personnes , est quelquefois plus fort que les passions qui cherchent à nous subjuguer ; c'est qu'alors l'esprit marche de compagnie avec le cœur, sur les ailes de l'opinion et de la mode.

Ce n'est que par les qualités qui leur sont opposées que les vertus ont de l'éclat ; les hommes ne sont remarqués dans le monde que par l'harmonie des contrastes.

Le monde ne brille que par les couleurs de l'opinion et les façons de la mode ; celui qui cherche à vivre sans éclat, doit être rejeté par le monde.

Les moyens que nous aurions à prendre pour nous élever au-dessus des autres, ce serait de nous mettre au-dessus de nos passions.

Aussi grandes que soient les passions qui nous agitent, l'esprit ne cherche jamais à vivre sans raison.

L'esprit c'est l'expression souvent de la folie, l'opinion qu'il recherche éclaire sa raison, et le monde lui sert de guide.

Les esprits sont souvent opposés dans les contraires de la vie ; la mode cherche toujours à les réunir avec l'aide de l'opinion.

Les grandes raisons de l'esprit n'appartiennent qu'aux grands esprits; les raisons du cœur appartiennent à tout le monde.

L'esprit que nous avons nous vient de l'opinion ; la mode cherche toujours à nous enchaîner par des formes; mais le caprice fait un bond, et l'homme se découvre.

Le hasard semble faire souvent les choses, plutôt que le conseil des hommes; alors c'est la mode qui s'endort et l'opinion s'oublie.

La raison de l'esprit se trouve dans l'esprit ; la raison du cœur se trouve dans le cœur. Où doit-on chercher le conseil pour la conduite du monde, si ce n'est l'opinion.

L'esprit est considéré comme la ruse des sens par l'opinion du monde; le plus fin sera le plus considéré.

L'esprit, dans l'univers, c'est la raison, c'est la pensée; l'homme véritablement grand se met au-dessus de l'opinion.

La flatterie nous attire des égards que la société d'ailleurs réclame ; le compliment que l'on se fait demande une réponse analogue, que l'amour-propre embellit, et que le verbiage satisfait change d'ordinaire en ramage.

Ce qui nous blesse dans le monde ne vient pas de la façon des choses, mais de la manière dont elles sont dites.

Comme c'est l'éducation le plus souvent qui nous donne les qualités qui nous manquent ; l'humilité devrait être regardée comme la première de toutes les vertus.

Ce sont les préjugés ou bien la crainte

qui retiennent, pour l'ordinaire, les hommes dans les époques de ténèbres, et dans les siècles de civilisation, c'est le bon goût qui les dirige.

L'opinion du siècle est toujours conforme à l'esprit qui l'agite, et ce ne sont que les gens de goût qui se mettent à la recherche de la mode.

Les qualités se suivent et se recherchent de compagnie aussi bien que les défauts; la modération que les choses réclament ne se trouve jamais dans la mode, si l'opinion la repousse.

Le respect des lois, chez la plupart des hommes ne vient pas de l'amour de la justice, mais d'une garantie de forme dans les cas de besoin.

Les faveurs que la fortune prodigue nous emportent pour l'ordinaire dans les égarements de la raison que l'imagination enfante; alors c'est un écueil que nous fesons sur les brèches de l'opinion.

Le véritable goût des choses ne se trouve que dans la perfection; alors c'est l'imagination qui nous élève; c'est l'esprit qui choisit, et dans les rapports de société, l'opinion seulement nous accompagne.

Les défauts que l'on nous donne ne viennent pas autant de nous-mêmes, que du monde qui veut toujours nous en charger.

Les destins du monde nous sont cachés

comme celui des personnes : nous finirions bientôt d'exister, si l'avenir était notre partage.

La raison suit d'ordinaire le bonheur ; les gens malheureux ne sont jamais raisonnables.

Les devoirs de société représentent des besoins que son organisation réclame ; la raison, qui parfois nous défigure, devrait en être le soutien.

C'est l'imagination qui embellit nos jours et qui cherche à réparer les accidents de la fortune ; c'est elle seule qui jette des fleurs sous nos pas, et qui nous donne dans la vie le baume des plaisirs.

Les passions que l'imagination abandonne, ne peuvent trouver d'asile dans le temple du goût ; elles se mettent à la recherche de l'opinion qui ne veut les reconnaître, et se tiennent toujours éloignées de la mode.

La nature ne fait que représenter le goût des choses ; la politesse sera dans tous les siècles l'expression du bon goût.

Les contrariétés de l'esprit proviennent de l'amour-propre plutôt que de la vérité qu'on ignore ; c'est parce que les autres paraissent en savoir davantage, que nous nous fâchons.

La grandeur ne doit pas se mesurer d'après l'esprit de tout le monde, mais d'après celui que l'on doit avoir dans la position où l'on se trouve; le grand homme se met toujours au niveau de lui-même.

L'esprit des choses nous est donné par la position sociale ou industrielle des personnes, et c'est de là que naissent les idées; que doit dire l'opinion dans une société que l'industrie éclaire, et quel sera le costume de la mode au milieu de toutes ces couleurs.

La mode, chez les Grecs, c'était une déesse échappée de l'Olympe, et chantée par le Parnasse.

Aussi grand que soit le monde, il est toujours mis de côté, à la place des choses petites qui nous concernent.

Les sentiments que l'on étale ne viennent pas autant de nous-même que de l'opinion.

Nous sommes plus touchés de nos fautes lorsqu'elles sont occasionnées par les étrangers que par nous-mêmes.

Dans la politesse du monde, le moi disparaît toujours; mais dans la conversation c'est le moi qui est toujours à la recherche de soi-même.

Les qualités, parfois, sont prises pour des défauts, lorsqu'un esprit exalté les exagère; le vice, dans ses écarts, se rapproche bien rarement de la vertu.

Nous sommes toujours flattés en faveur de celui qui nous parle doucement.

C'est la diversité qui occasionne les distractions de l'esprit, et la monotonie nous donne de l'ennui ; voilà pourquoi le caprice nous plaît.

Ce sont les distractions qui font le partage de l'existence ; nous cherchons l'opinion comme un aliment de l'esprit, et nous devenons le partage de la mode.

Nous ne voyons du monde que les objets qui nous entourent, et nous cherchons toujours à marcher sur des fleurs.

L'amour arrive parfois par la porte du caprice, et il se retire par celle du destin.

Nous sommes trompés aussi souvent par le rire des personnes, que par les larmes.

L'amour, quelquefois, est une fantaisie, un caprice, ou bien une sympathie ; c'est encore une fleur que la sensibilité réclame ; malheur à celui qui aime ou qui ne sait pas aimer.

La marche du monde est toujours la même ; les conseils doivent changer comme de personnes ; ils se rattachent à l'amour-propre qui varie comme l'opinion.

Les qualités qui marchent de compagnie forment le goût ; lorsque le goût passe les vertus lui succèdent, et c'est la raison qui nous sert de guide.

L'éducation qui ne forme ni l'esprit ni le goût nous donnera des vertus sans mérite ; les motifs seront le plus souvent conformes à la position des personnes; les jugements seront formés d'après l'esprit de tout le monde.

Ce n'est que d'un côté que nous apercevons les choses ; le monde qui ne se dérange jamais , ne les regarde que du côté qu'elles lui sont présentées.

Le monde nous donne des vertus avec autant de mesure que la mode.

Le repos ne peut être le partage du monde ; c'est sur le tourbillon qu'il marche ; il est conduit par l'opinion et façonné par la mode.

Les fautes que nous faisons ne sont jamais aussi grandes, que les défauts qui nous les font commettre.

L'opinion qui s'en va donne toujours la main à l'opinion qui arrive, et c'est encore la mode qui se présente pour la former.

C'est par vanité que nous suivons les prestiges du monde; lorsqu'ils s'envolent pour faire place à la vérité, nous n'éprouvons le plus souvent que des vices.

L'orgueil ne trouve des flatteurs que dans le miroir du monde ; il n'existerait bientôt plus s'il était forcé de vivre seul.

Dans les âges premiers de la vie ce sont

les penchants qui nous entraînent dans le monde , et qui forment les passions ; l'amour-propre cherche à nous élever , lorsque l'intérêt nous touche.

Le monde disgracié n'a jamais tort dans son inconstance légère et ses tourbillons remplis d'orages ; c'est la fortune, toujours, qui aurait dû changer.

Les disgrâces du temps sont toujours en rapport avec le caractère des personnes ; la fortune quelquefois favorable , ne veut jamais marcher à leur suite sur les traces du destin.

Le monde quelquefois nous donne son esprit ; l'opinion alors nous conduit et la mode nous habille.

Le malheur qui nous arrive est quelquefois bien au-dessus du choc de l'opinion , et des faux-fuyans de la mode.

Les défauts que l'on nous donne, viennent autant du monde ; que de nos qualités manquées.

Les sympathies toujours nouvelles que le monde forme dans l'imagination des personnes ; sont aussi nombreuses que les costumes de la mode et les nuances de l'opinion.

C'est la fortune qui forme les couleurs du monde , autant que l'éducation que le siècle nous donne.

Le mérite peut avoir quelquefois de l'éducation tout aussi bien que les personnes.

Le monde ne peut jamais se passer de la mode qui le forme ; ni de l'opinion qui l'éclaire.

Les défauts dans le monde ont quelquefois leur prix comme les qualités ; ils servent à éclairer les vertus qui paraissent douteuses.

L'esprit nous donne de l'esprit, et l'expérience, que nous acquérons dans le monde, des conseils.

Les siècles changent, l'opinion s'envole sur les ailes du temps ; et c'est la mode qui nous présente le miroir des âges.

La sensibilité quelquefois l'emporte sur les vices du temps que le monde présente ; alors c'est l'opinion qui se met à la recherche de la mode.

Le ridicule, pour l'ordinaire, accompagne les âges lorsque nous nous mettons à la poursuite de la mode, sans regarder l'opinion.

Les fautes, le plus souvent, proviennent de quelque défaut que le monde découvre, et que l'opinion réclame.

Les moyens factices de l'opinion que le monde proclame ne serviront à donner que des façons à la mode, plutôt que son esprit.

Comme la réputation dépend de l'opinion, il arrive pour l'ordinaire, qu'elle
s'envole avec les hommes qui servent à la
former.

Les occupations et les intérêts sont aussi
multiples que les personnes, et ils changent
tous les jours avec les sympathies et les positions nouvelles ; l'esprit du moment doit
être toujours celui du monde.

Les ombres de la nuit paraissent encore
évoquer les esprits qui nous agitent ; c'est le
moment des rêves que l'imagination enfante, sous les apparences du sommeil.

Nous avons tous dans l'imagination quelque chose qui nous distingue, ce sera quelquefois une qualité que la nature nous
donne, ou bien quelque défaut que l'éducation cherche à couvrir.

Comme nous sentons d'une manière particulière ce qui forme le goût qui nous
possède, notre cœur se trouve chatouillé
lorsque l'on aperçoit ce qui fait quelquefois
l'objet de la critique.

Les défauts sont aussi nombreux que les
vagues de l'opinion ; c'est avec la mode que
l'on cherche à couvrir les écarts toujours
trompeurs de l'amour-propre.

L'esprit qui va tout seul dépasse en bon-
dissant le terme de sa course ; le sens qui
nous arrête nous présente à l'opinion ; et
c'est la mode qui nous couvre.

L'esprit a ses moments; les âges leur tournure; le monde a son maintien que la mode consulte.

La constance, parfois, est un défaut de l'esprit sur l'objet de nos recherches; le regard ne voit pas comme il faudrait l'objet de ses désirs.

Nous aimons dans le monde ce qui touche à l'esprit, et nous recherchons chez nous ce que le cœur demande.

Les passions qui passent par la tête s'engagent, pour l'ordinaire, sur les ailes du vent; l'amour égaré par un écart, s'envole et vient se placer sur un torrent.

C'est l'imagination qui nous fait atteindre les âges plus vite que les années; et lorsque nous arrivons à la vieillesse elle cherche toujours à rétrograder!

Quelquefois se sont des contraires qui nous portent à faire ce que l'esprit des choses ne saurait jamais nous donner.

Nous aimons ce qui provient de l'esprit par un défaut que l'amour-propre ou la vanité occasionne, et nous sommes toujours touchés lorsque c'est le cœur qui parle.

La mode, qui cherche toujours, nous représente les goûts et les couleurs que les fleurs du jour font éclore; elle s'empresse de nous cacher les brèches de l'opinion et les défauts du monde.

Nous pardonnons volontiers une injure, pourvu qu'elle ne s'adresse ni à nos qualités factices ni à nos vices; le moi pardonne toujours avec l'esprit des choses qui forme la raison, et les sentiments du cœur qui la relève.

L'on se corrigerait bientôt si l'on apercevait les sympathies que nos défauts détruisent; mais comme la nature est muette lorsqu'un voile la couvre, nos organes deviennent les échos de la plainte, lorsqu'ils sont blessés.

La société forme les goûts, et la nature des champs fait éclore des fleurs que la mode recherche.

La connaissance des siècles, dans l'histoire, est aussi difficile que celle des personnes; elle représente l'opinion que l'esprit du moment occasionne, et que les passions soulèvent.

C'est le mouvement qui fait marcher le monde; la couleur qui distingue la mode sera toujours conforme à l'opinion.

L'objet de nos désirs le plus souvent nous échappe; c'est qu'alors l'esprit qui nous dirige se trouve en contradiction avec la position des choses.

L'imagination, le plus souvent, nous conduit lorsque l'esprit délibère, et les cas accidentels qui surviennent appellent le destin à la conduite du monde.

Ce ne sont pas les qualités contraires qui servent pour l'ordinaire à réparer les égarements de l'imagination, mais c'est la raison, c'est-à-dire le miroir de l'esprit sur la réflexion qui nous touche ; la raison alors devient une attente, et non une barrière.

Le prix des choses ne s'élève qu'avec la mesure de l'esprit, et nous n'apercevons que ce qui nous touche ; voilà pourquoi le monde nous paraît si grand, et l'ignorance des personnes aussi grande que le monde.

Les défauts sont aussi nombreux que les croyances que ces défauts présentent ; voilà pourquoi les opinions sont différentes, et que la foi des religions qui nous domine se trouve dans les sentiments des personnes, et non dans la pensée.

La beauté des formes qui nous viennent de la nature, et son expression, ne peuvent être connues chez l'homme que par la comparaison ; la liberté, qui en est le seul mobile, doit venir de la pensée.

Les connaissances ne font pas le bonheur de l'homme ; mais c'est le vague de l'ignorance qui part du sentiment et que la poésie recherche.

Nous nous mettons toujours à rire de nos défauts, et dans les mêmes occasions, nous blâmons ceux des autres.

Les passions qui nous viennent du monde, comme la vanité et l'amour-propre, sont beaucoup plus tenaces que celles qui sont formées par les sens, ou qui touchent à l'imagination.

La raison des âges les trouve autant dans la fatigue des répétitions, que dans l'opinion de la mode.

Les grandes choses doivent partir d'un grand cœur, ainsi que les vertus; la faiblesse doit être la compagne du vice.

Dans le monde, nous observons le plus souvent les bienséances par vanité; nous agissons dans les occasions avec un esprit qui leur est contraire.

Les esprits mal formés ne cherchent jamais à se diriger par la puissance de la comparaison; mais ils marchent en aveugles d'après le mouvement des organes qui les agitent.

Les défauts qui nous possèdent, sont toujours à la recherche de l'opinion et du costume de la mode.

Comme le faux mérite se rapproche le plus souvent de l'opinion du monde, on lui accorde volontiers ce qui n'est jamais pardonné au mérite.

L'esprit, tout seul, pourra bien nous donner des agréments; mais, dans le commerce du monde, que la politique accompagne, il nous donnera rarement la vue des choses.

La nature avec ses défauts est quelquefois meilleure que les moyens factices que l'éducation nous étale.

La variété des positions est tellement grande, et les sentiments tellement variés, que ce n'est que sous un voile que la vérité devrait nous être présentée; c'était celle des Egyptiens.

Les maux qui nous affligent sont occasionnés le plus souvent par l'imagination, ou bien nous viennent du cœur; et c'est par le carbone et l'oxigène que les médecins décident; chacun a son esprit.

Nous ne voyons jamais que la superficie des choses; et c'est le plus souvent l'opinion qui nous éclaire; comme elle ne fait que représenter la raison des siècles, elle doit s'appuyer sur un tombeau.

Ce n'est pas le bon goût qui nous fait apprécier les chefs-d'œuvre d'une civilisation et le brillant du monde; ce sera le plus souvent la vanité; voilà pourquoi les artistes véritables sont si rares.

Les défauts qui proviennent de l'organisation, nous donnent quelquefois un ton particulier et certaines manières qui occasionnent le talent.

Nos qualités souvent nous donnent des sympathies qui avoisinent du vice; la raison les reconnaît, et le monde les approuve.

Ce qui fait que nos passions disparaissent, c'est lorsque les aliments, qui servent à les former, nous abandonnent.

Le mérite dure tout autant que le goût qui l'accompagne; alors c'est une vertu désintéressée que le monde en vain chercherait de faire perdre.

Le véhicule de nos actions nous est donné souvent par l'opinion ; alors c'est le monde qui nous soutient, et l'amour-propre nous dirige.

L'envie qui se rattache à la position des personnes, est quelquefois plus grande que le bonheur de ceux qui en jouissent.

La force qui occasionne les passions, se fait toujours ressentir par la force des organes; voilà pourquoi, dans les grandes passions, la raison qui ne sait où se placer, nous abandonne.

Ce qui nous vient du cœur, est souvent une énigme ; alors c'est la raison qui paraît se travestir pour nous faire passer à des sympathies nouvelles.

La bonté du caractère provient de la coordonnance parfaite des sympathies; l'organisation mauvaise nous donne les humeurs que les douleurs occasionnent.

Les véritables vertus sont aussi rares que les bons caractères ; elles sont, pour l'ordinaire, accompagnées d'un entourage que le monde réclame et que l'amour-propre nous donne.

Comme c'est par sympathie que nous agissons, nous regardons comme un bonheur ce qui nous est agréable ; les peines n'arrivent que dans un changement de position que l'esprit ne reconnaît pas encore.

Ce qui nous porte à la critique ne vient pas autant des défauts que nous apercevons, que des qualités qui nous manquent.

Ce que nous aimons quelquefois dans le monde, c'est le trouble de l'esprit, ce sont les égarements de la raison ; alors c'est le cœur qui palpite sans cesse, et la tête est remplie de tourbillons.

Comme par l'imagination l'on monte toujours au-dessus de sa position, l'esprit n'est jamais satisfait, et le monde nous mécontente sans cesse.

Les vertus nous représentent des qualités que le bon goût proclame, et que le monde admire ; les beaux esprits s'y rattachent toujours, et les mauvais en feront la critique.

Les vertus changent d'après les siècles ; mais les bonnes formes se sont toujours rencontrées avec les bons esprits ; c'est la grandeur du cœur qui a fait les Scipions ; c'est celle de l'esprit qui nous a donné Bossuet.

Ce que nous aimerions le plus si la mode voulait le permettre, c'est la singularité ; elle est quelquefois le partage des grands esprits, et c'est ce qui prend le nom de manie chez le peuple.

La légèreté, quelquefois, nous est représentée comme une fleur que les zéphirs viennent de frapper ; elle se penche , puis elle se redresse, et sa tige plus solide n'en obtient que plus de souplesse, et quelquefois de fermeté.

La raison le plus souvent n'est qu'un esprit de conduite que l'amour-propre soutient, et que l'opinion dirige.

J'existe donc je suis... mais avec les travers de l'esprit, les faiblesse du cœur, et toutes les infirmités que la mode redresse, etque les opinions du siècle proclament.

Dans cette préoccupation du monde, sur les recherches d'une position que l'existence réclame , c'est le sentiment quelquefois qui nous conduit; ce sont les sympathies du monde et de la nature qui nous touchent; les accidents sont aussi nombreux que la fortune est changeante; et c'est quelquefois le destin qui paraît servir d'escorte à la fatalité ; les opinions seront aussi mobiles que les événements, et ce sont les événements qui font l'existence du monde ; voilà pourquoi l'opinion change, et que la mode se renouvelle; la vérité toujours accidentelle que la philosophie proclame, sera reçue par une génération; mais ne le sera jamais par l'autre.

Le style, c'est la forme; d'autrefois, c'est l'homme; quelquefois, la pensée........; je m'énonce par lambeaux; ce sont ceux de l'imagination qne la société réclame; en évoquant ces fantômes, je me saisis d'un drapeau dans lequel je m'enveloppe, c'est celui de l'opinion.

L'esprit se porte sur une multitude d'objets, et nous n'avons que celui qu'il faut pour discerner ce qui nous touche.

Nous ne faisons que développer dans le cours de la vie les sentiments qui nous ont pénétré dans notre premier âge; c'est en vain que nous cherchons, lorsque la vieillesse arrive, à comprendre la génération qui s'élève.

Ce que l'esprit demande se trouve souvent en opposition avec les choses; nous ne pouvons, pour nous satisfaire, nous mettre à la place de tout le monde.

Les fautes qui nous sont reprochées dans

les événements qui nous commandent, proviennent autant de la fortune, qui se joue de nos personnes, que de nous-même.

Les intérêts sont aussi divers que les passions sont changeantes, les âges se succèdent, l'esprit varie et nous voulons toujours avoir raison.

Notre imagination, dans la vie, est à la recherche du bonheur, et nous nous trouvons quelquefois très-heureux lorsque c'est une larme qui vient soulager nos peines.

L'imagination nous égare, le cœur aussi nous console ; le bonheur qui nous échappe retrouve l'existence dans une sympathie nouvelle qui nous touche.

Nous agissons dans le monde d'après l'esprit qui nous guide, et nous nous mettons à la recherche de nos semblables, comme un soutien, et par faiblesse.

L'esprit change avec les âges, mais les passions ne changent jamais lorsque c'est le cœur qui leur sert de guide.

Les recherches du bonheur sont ordinairement trompeuses le plus souvent il se rencontre ; la carrière que nous parcourons nous paraît quelquefois tracée par le destin.

C'est bien l'esprit qui semble nous conduire dans les circonstances de la vie ;

mais c'est le bonheur qui vient au-devant de nos recherches.

Le caractère d'une personne doit se trouver en rapport avec son esprit autant qu'avec son cœur ; alors c'est quelque chose qui nous élève, qui tient du cœur et de l'esprit, et qui n'est cependant ni l'un ni l'autre.

Les motifs de conduite sont aussi différents que les personnes sont changeantes ; c'est que l'imagination trouve toujours une place toute formée pour celles qui se présentent.

Ce qui nous vient du cœur est saisi par l'imagination, ce qui nous vient de l'esprit est rencontré par elle ; et la tête le plus souvent s'en empare pour former des illusions.

Nous avons des idées qui nous viennent de l'esprit, d'autres qui ne font que le toucher ; elles seront plus ou moins sensibles d'après les rapports qu'elles ont avec le sentiment qui nous pénètre.

L'opinion, sur les choses, provient d'un grand nombre d'idées étrangères à notre esprit ; leur rapport, le plus souvent, nous est inconnu ; le véritable sens des choses ne peut être saisi que par les grands esprits.

La liberté c'est le choix dans les idées ; nous ne connaissons que parce que nous voyons; et nous n'apercevons les objets que par le moyen de la comparaison.

Les idées qui proviennent du cœur touchent aussi à l'esprit ; mais elles embrouillent d'ordinaire le sentiment, et cherchent à faire parler la raison.

Nous nous mettons souvent à la recherche du sentiment qui nous pénètre et notre esprit heurté s'échappe par la porte des passions.

L'esprit, dans les circonstances de la vie, prend le nom de raison; et la raison change toujours de forme d'après les circonstances nouvelles qui arrivent.

La raison c'est un contrat passé entre l'esprit et la matière, ou mieux encore une constitution toujours improvisée suivant les vicissitudes que la fortune nous présente.

Les occupations du jour dépendent des organes, l'esprit du caractère ; le monde peut être représenté comme une vaste arène où les passions se désaltèrent.

Si les manières de voir proviennent des idées le plus souvent étrangères, les bonnes choses nous viennent de l'éducation, c'est une existence nouvelle.

Nous ne formons des jugements que d'après les vues de l'esprit; mais nous avons celles du cœur, et toutes celles des sensations qui nous arrivent dans tous les moments de la journée.

Les sensations ne sont pas de l'esprit, mais elles touchent le plus souvent à des sympathies ; elles se rencontrent partout dans le monde des intelligences, et dans celui de la nature.

Comme les sympathies sont journalières, les changements sont nécessaires ; nos esprits bouleversent le monde, et l'univers entier est exploité.

L'esprit qui nous concerne ne doit se mettre dans ses recherches, qu'à la suite des convenances qui lui sont propres ; la raison nous le fait voir, et le sens des choses le plus souvent nous repousse.

Dans cet aperçu des choses sur les destinées que la fatalité commande, le monde peut être représenté comme les vagues de l'Océan qui viennent, en murmurant, se briser sur la grève, et l'intelligence comme le grand esprit qui plane au-dessus de l'abîme.

Les opinions sont diverses, les idées changeantes, les goûts semblent se mettre à la recherche des sympathies, et c'est de là que nous viennent les idées ; les meilleures, le plus souvent étrangères, doivent être du ressort de tous les esprits.

Chaque nation se distingue par son esprit et son caractère ; elle tombe et disparaît lorsque son esprit s'envole ; mais elle semble commander au destin lorsque c'est la pensée qui la guide.

L'homme passionné qui se fait Dieu, ne forme pas sa raison ; son esprit, qui veut tout absorber, s'envole tout seul au-dessus de la matière qui l'abandonne.

Le sentiment des choses que la nature donne, est reconnu quelquefois par la raison ; mais le sentiment des belles choses ne peut venir que du goût, et c'est la pensée quelquefois qui nous le forme.

Qu'est-ce que le monde, comment peut-on définir l'homme? Il existe un ouvrage ancien comme la tradition, qui nous dit que l'univers est l'expression d'une pensée... c'est celle du Très-Haut.

La pensée, c'est l'existence même, et c'est l'homme ; mais elle paraît sous des couleurs diverses ; ce sont alors des formes que les climats façonnent, et que le sens redressent quelquefois dans l'esprit de tout un monde.

Les couleurs changent avec les zones ; le langage se forme du climat ; mais le sentiment est pour tous le même ; et c'est dans la tête que se trouve, chez tous les peuples, le résumé de toutes les sensations.

Les nations ont des âges qui dépendent de l'opinion ; le juste et l'injuste, le bon et le mauvais, seront arbitraires ; la singularité chez les hommes s'isole toujours ; c'est la raison qu'ils invoquent, et c'est elle que l'opinion générale repousse.

Le mensonge, dans les époques de civilisation, représente quelquefois la vérité; c'est une cheville que nous cherchons à placer sous un voile d'une étendue trop grande qui cherche toujours à nous couvrir.

L'existence reposera sur une fiction; d'autrefois sur un mensonge; la vérité qui pourrait nous éclairer se trouve ensevelie par l'opinion, qui n'est pas toujours le miroir de l'époque.

L'opinion aura plus ou moins de force, suivant le degré de l'imagination qui prédomine; elle nous conduit comme un seul homme, lorsqu'elle part de la tête; elle nous laisse toujours seul, lorsqu'elle représente l'esprit de tout le monde.

Chacun a son esprit; le destin qui nous surveille nous enlève aussi notre esprit, pour faire place à l'esprit nouveau de la génération qui commence.

Comme c'est le printemps qui nous donne des fleurs, c'est aussi la jeunesse qui s'empare de la mode; c'est elle qui brille et qui forme l'opinion pour une génération nouvelle.

Tout change dans la nature; mais les saisons se succèdent, et ce sont les mêmes fleurs qui nous arrivent; l'esprit de l'homme se détruit ; son histoire est un roman ; l'existence du monde et des esprits est une énigme.

Nous avons des rapports de sympathie avec tout ce qui nous entoure ; les beautés et les formes de la nature touchent à nos sens ; l'imagination s'en empare , et c'est la parole seule qui leur donne l'expression.

Le feuillage des arbres nous semblera papilloter avec les tourbillons de l'esprit qui voltigent sur nos têtes , et la fraîcheur du vallon pénétrera nos pensées comme la rosée du matin.

Le ruisseau murmure dans le silence , les échos se répètent dans le lointain , et c'est par une sympathie irrésistible que nous nous sentons attirés par la roche du désert.

Nos sympathies seront multiples , et l'homme des lumières se recherche ; dans l'isolement , il s'oublie pour bâtir un écha-faud que les âges dénaturent , et que le temps détruit.

Chaque homme a son esprit ; chaque âge ses passions ; et comme les positions chan-gent avec les personnes , chaque homme veut avoir son système.

Notre état de perfection sera plus ou moins grand d'après les rapports de socié-té , et les sympathies de toute nature qui nous pénètrent ; la tête la plus vaste doit être l'expression du plus grand esprit.

L'esprit qui nous dirige, se trouve toujours influencé par la position de nos personnes ; l'imagination qui nous subjugue, doit changer comme le temps.

Les influences du monde sont tellement grandes que chacun devrait se faire un masque, pour toutes les heures de la journée.

L'homme de la nature nous présente un esprit tout différent de celui des sociétés, et l'homme qui possède un état, se naturalise tellement avec la profession qu'il embrasse, qu'il en devient toute l'expression.

Si les caractères nous présentent des modèles que le monde reconnaît; les Etats différents organisent des types que la matière occasionne.

Les esprits sont mobiles, mais l'imagination journalière, sur le même objet, nous dénature ; et les esprits s'échappent, en brisant la chaîne qui nous avait formés.

Les influences que chaque esprit se donne, deviennent tellement grandes, que chacun trouve une raison véritable pour la position qui le concerne.

Le monde veut marcher, et l'esprit se révolte ; la raison qui se soulève, se présente les armes à la main, et c'est le destin en courroux qui vient couronner la fortune.

Les couleurs sont changeantes, et les formes diverses ; l'esprit de l'homme, toujours chancelant, tombe sans cesse sous la puissance des passions qui le bouleversent.

L'imagination qui nous élève, cherche à vivre quelquefois au dépens de l'esprit, qui tend à la détruire; le monde embarrassé se secoue, et la surface des choses se trouve tout-à-coup changée.

Le monde des sociétés ne brille que par son imagination; mais cette imagination, toujours trompeuse, ne se rattache qu'aux passions; elle cherche, d'un côté à retenir l'esprit par une chaîne, et de l'autre, elle veut le détruire.

Les tableaux du monde sont variés, comme les scènes de la vie; ce sont des formes qui se succèdent, et c'est toujours l'esprit trompeur qui nous dirige.

Le caractère change comme de personnes; les esprits varient comme de positions; les accusations que l'on se porte, sont au niveau de tout le monde; chacun aura raison.

Les positions sont changeantes; chacun se met à des recherches; mais les passions nous absorbent, et la raison, qui est toujours prête, se présente pour nous donner de l'esprit.

Le monde tous les jours se renouvelle; les passions s'amortissent contre les âges, et c'est sur les ailes du temps que l'esprit s'envole.

L'imagination quelquefois dérangée se trouve en opposition avec l'esprit des choses; la science mal apprise nous présente une torche, à la place des lumières qui doivent éclairer.

La science qui se trompe ne fait que représenter l'imagination qui s'égare; l'esprit qui ne sait où se placer se met à la recherche de l'opinion, et la critique nous présente des sillons que le temps découvre à travers le monde.

L'esprit des choses qui devrait se trouver dans les tableaux que la société présente, est toujours repoussé par l'invention que notre esprit soutire, et que le temps ne reconnaît jamais.

Le monde, change comme les saisons, mais le goût reste malgré les âges; la beauté, quelquefois relative, se trouve à la portée de tout le monde et à la hauteur de tous les siècles.

Nous aimons ce qui nous touche; les belles formes nous captivent; la poésie qui chante nous réveille, et c'est l'expression seule de la nature qui nous séduit.

Le monde a ses chagrins; l'opinion qui les couvre ne peut être représentée que par une larme, que le temps efface, et que la génération nouvelle ne reconnaît jamais.

La douleur que l'on cherche à représenter par des lignes sera toujours sèche, et le plus souvent désespérante; la mélancolie que le sentiment réveille nous met sur la trace des souvenirs; c'est un soupir que la poésie réclame; c'est une existence nouvelle que les choses doivent prolonger.

Les siècles se succèdent; les formes passent et arrivent, et l'opinion de l'époque s'envole toujours avec les hommes qui servent à la former.

Chaque personne se croit élevée au-dessus de son semblable de toute la taille d'un homme, et chaque siècle se regarde comme l'expression dernière de l'humanité.

Les idées grandissent comme les siècles, et l'esprit augmente en raison de la distance qui nous sépare des âges; les hommes d'aujourd'hui seront universels, et semblent vouloir escalader le monde; Annibal n'aura jamais assez bien fait, et il restera encore à César quelque chose à faire.

Les siècles changent, et les couleurs se forment; nos idées seront toujours conformes à la hauteur du temps.

Les passions qui nous subjuguent occasionnent le trouble; le chaos se forme par la confusion, et c'est à la suite des uns et des autres que nous marchons.

La nature, dans son isolement, est toujours véritable; le piédestal du monde ne présente que des préjugés, et les hommes disparaissent sous un voile qui les couvre.

La vérité c'est la raison, mais c'est encore l'esprit dans son exaltation ; il s'élève toujours, et puis il se contemple ; c'est un chant dans le désert en face des harmonies que la beauté lui présente.

Les formes quelquefois nous séduisent, mais l'esprit nous élève ; et c'est dans la pensée que nous trouvons une harmonie qui se présente aussi avec des séductions.

La vérité aussi multiple que le monde, se met pour l'ordinaire à la recherche des objets pour prendre leur forme , et se revêtir de leur costume.

Les ronces et les chardons se feront ressentir à nos sens blessés comme une vérité ; et c'est elle encore que nous cherchons dans la culture des fleurs qui ornent nos parterres.

Le langage qui varie comme de formes , se recherche toujours de sympathie avec les objets qui lui ressemblent.

Le beau langage du grand monde sera le plus souvent l'expression d'une belle figure et les choses élevées que le monde présente, ne peuvent venir que de la réflexion.

Nous avons de l'esprit, et l'éducation se forme ; nous prendrons des manières que le monde nous donne, et dans cette transformation qui nous arrive l'on ne se reconnaît plus.

L'esprit tout façonné par les saillies de la matière ne peut venir que de l'esprit; c'est un langage que les formes présentent et qui sera toujours distingué par les beaux esprits.

Les formes changent de couleur, mais la nature, pour tous, est la même; c'est la terre que nous touchons par la racine de nos pieds, et notre tête, qui s'élève sur le feuillage de nos pensées, porte ses regards vers le ciel.

Dans cette arène immense où l'univers se forme, chacun cherche un abri; et notre tête, que les vents ballotent, se trouve de tous côtés battue par la tempête.

Nous aurons une pensée, c'est celle du désert; nous écoutons un chant, ce sera celui de la nature, mais les vents s'entrechoquent sans cesse, et les ondes de la mer sont toujours en courroux.

Nous aimons ce qui nous plait, et c'est sur la terre de l'exil que la patrie est chère; l'herbe des champs ne croit que dans les prairies, et ce n'est que dans la région des montagnes que le cèdre domine.

Les choses du monde sont nombreuses, et leur variété multiples dans leur forme; dans leur choc inévitable c'est toujours le plus léger qui doit faire le choix ne nos désirs.

Ce qui nous vient du vent s'envole et se disperse ; ce qui nous vient du monde, quelquefois nous absorbe, et nous disparaissons avec l'opinion qui le forme.

L'existence du monde est celle du moment ; la volonté ne peut choisir, et c'est à la suite de la frivolité et du caprice qui iredonnent que nous marchons.

Nous sommes toujours prêts à pardonner ce qui nous vient du cœur, et nous ne voulons jamais reconnaître les défauts de l'esprit.

Le monde change avec le siècle, et l'opinion toujours chancelante disparaît avec la génération qui passe.

L'opinion, d'après le monde, représente la vérité, et l'esprit qui la dirige se trouve en contradiction avec celui de tous les siècles.

Le monde toujours veut avoir raison ; son esprit qui le tourmente lui fait voir dans le néant la raison de tous les siècles.

L'existence que nous invoquons sera le plus souvent contraire à celle de nos pères ; et par celle qui commence ce n'est plus encore le monde qui nous donne raison.

Le monde est bien vieux, mais il est encore plus jeune ; nous commençons toujours, et dans l'oubli du temps, nous ne voulons jamais faire comme nos pères ont commencé.

Les esprits sont divers ; les choses sont

multiples, et c'est toujours par le canal de l'opinion que les grands politiques veulent nous faire marcher.

Notre cœur, le plus souvent, est aussi simple que les filons de l'esprit qui nous agitent; nous n'aimons alors qu'une seule chose, et c'est le monde qui nous absorbe tout entier.

Le chef-d'œuvre des arts ne troublera pas notre âme ; mais notre esprit se trouve concentré, et c'est une promenade de longueur que nous mettons à la recherche de nos destinées.

Nous aimons quelquefois les grandes choses, pourvu que nulle affection ne vienne troubler le repos de notre âme ; ce qui s'agite nous fait mal, et c'est à la porte du néant que nous semblons frapper.

C'est en vain que la raison, quelquefois, se réveille ; l'esprit ne peut sentir, et c'est le monde en courroux qui fait l'objet de nos dédains.

Si l'esprit nous conduit, les passions, aussi quelquefois, nous égarent; les bonnes choses, dans tous les siècles, nous ont toujours été données par les bons esprits.

Le monde est plein de tourbillons ; mais les choses quelquefois nous restent ; les hommes disparaissent et les chefs-d'œuvre qui les immortalisent servent à former les esprits.

***

Le mouvement fait une partie de l'existence ; la réflexion de l'esprit qui en occupe une autre, nous en donne une valeur presque toujours relative.

Nous ne voyons que d'un œil ce que l'esprit nous présente et nous apercevons sans regarder ce que la critique dévoile.

La pensée, dans un auteur, c'est le regard de l'esprit ; nous ne voyons le plus souvent que par les yeux d'un autre.

Nous existons le plus par le sentiment qui nous pénètre ; notre voix toute plaintive exprimera un son, quelquefois une parole, et d'autrefois un chant qui va se perdre au-dessus de l'air qui nous environne.

Nous soupirons dans le silence, et nous nous trouvons en harmonie avec l'habitant de l'air qui fredonne ; nos idées se confondent, et c'est la nature seule qui reçoit nos accents.

La beauté qui nous séduit, quelquefois, s'envole comme l'éclair qui nous la montre, son charme est celui du matin, que la journée flétrit, et que le voile de la nuit enveloppe.

Nous aimons à cueillir des fleurs que nous cherchons dans la vallée, et c'est quelquefois le dieu Pan qui nous arrive, une couronne sur la tête, toute formée de glands qui tombent, et de feuilles qui s'envolent.

L'objet de nos désirs le plus souvent nous

occupe ; et la nature le plus souvent muette, reçoit dans le silence nos soupirs.

Ce qui fait l'objet de nos vœux, presque toujours, s'évapore : c'est le contraire de nos recherches qui vient pour nous distraire, et nous nous trouvons pris par des chardons.

Il est des esprits tellement simples, qu'ils n'aperçoivent rien des objets qui les environnent ; ils se trouvent toujours perdus dans les champs de la nature , et le monde leur fait peur.

Il en est dont les pas se rattachent à tout ce qui respire , comme une chaine électrique que les gaz auraient formée; le ruisseau qui murmure les retient comme par le charme, et le langage des lois les séduit.

Nous devons être unis de sympathie avec tout ce qui nous touche ; ce sont des gaz que les fleurs évaporent qui forment en partie nos personnes; et c'est par la vapeur que notre dernier voyage se fait.

Tous les objets de la nature se présentent avec des formes , et tous se font entendre par un murmure, malheur à celui qui n'en est pas touché.

Autrefois, dans le monde, l'on se mît à la recherche d'une divinité qui manquait ; les Grecs, dit-on, la trouvèrent dans tout ce qui respire ; et l'imagination poétique qui les saisit fit des divinités de toutes leurs personnes.

Nous avons des relations qui forment les lois de la nature, nous devons en reconnaître les esprits; l'univers à chaque pas fait entendre des chants d'harmonie que les échos prolongent, et l'homme dans sa légèreté devient sourd, quelquefois muet, et le plus souvent il murmure.

Nous avons bien un esprit, mais il sera toujours conforme à la nature de nos personnes; nous avons des passions, et ce sont les esprits qui se trouvent dans les choses qui nous environnent.

Nous avons un esprit qui devient quelquefois conforme à l'objet qui nous occupe; le musicien deviendra violon, le cuisinier marmiton; et l'esprit des lois que la chicane brouille sera rejeté pour faire place à la cupidité, et au langage des passions.

Le monde a son esprit que la mode façonne; la ville a ses besoins que l'orgueil occasionne; le champ a ses labeurs.

Nous vivons par l'esprit, nous existons aussi par l'imagination que cet esprit nous donne; c'est sur un char que nous sommes portés, et c'est à la suite de la fortune que nous marchons.

Nous avons un esprit qui se transforme, c'est celui de l'opinion; ce qui vous touche alors ce n'est plus un sourire, mais un motif manqué que les passions soulèvent, une gaze qui se déchire.

L'opinion nous conduit, la critique nous surveille ; et la nature qui est toujours à la recherche de la raison se redresse contre l'opinion qu'elle détruit.

Nous choisissons pour l'ordinaire ce que les sens nous présentent ; mais nous cherchons toujours à voir par les yeux de l'esprit.

L'esprit qui nous conduit est celui qui nous fait vivre ; l'existence de l'homme est sans cesse à la recherche, et c'est la nature prise sur le fait que nous épions toujours.

L'esprit de tous les jours, à chaque heure varie, la raison nous sert d'arrêt, et la réflexion, qui délibère, travaille ; mais c'est un travail continuel que les esprits façonnent.

Chacun a son esprit, mais les choses existent ; l'homme du monde a ses passions que la mode façonne et qui lui donne son esprit.

Le monde veut marcher, et les passions quelquefois l'embarrassent ; l'imagination qui le soutient le relève ; et l'esprit qui se présente lui démontre parfois la marche du destin.

Nous voulons aussi de temps en temps ce qu'ont voulu nos pères, et pour satisfaire l'opinion qui nous occupe, l'esprit nous fait apercevoir la fatalité qui nous pousse et le destin qui nous surveille.

Les sentiments quelquefois représentent l'esprit que les sympathies du bon goût reconnaissent ; alors c'est quelque chose qui nous vient de l'esprit, et qui se retrouve comme d'harmonie avec ce qui nous environne.

L'homme touche à tous les bords; mais le passage est quelquefois difficile; l'homme des cours cherche toujours à s'effacer, et l'homme d'esprit se met à la place du nôtre qu'il dépossède.

L'esprit se multiplie tellement sur les choses nouvelles qui arrivent, que nous serions bientôt dans le chaos; l'opinion du jour nous simplifie, et c'est la mode qui se met en lutte contre le passé.

Les choses ont leur nom, mais le siècle s'accroît sur une révolution nouvelle; ce qui arrive change, et c'est sur des idées nouvelles que l'espérance nous vient.

Nous marchons vers l'avenir; c'est la génération qui cherche à vivre; le passé n'existe plus, et c'est sur les brèches du temps que le monde se replie.

L'esprit se multiplie avec celui des personnes; l'opinion qui nous simplifie, nous force à nous revêtir du costume de la mode.

Chacun a son esprit qui nous entraîne souvent, et parfois nous façonne; le monde nous repousse, et ne reconnaît jamais que celui de l'opinion.

La vie est un champ d'arrêt où les passions se désaltèrent, et la mort, le plus souvent un tombeau pour les esprit qui se perdent.

Les jours de l'avenir sans cesse nous occupent ; le travail nous jette dans l'oubli, et le plaisir nous entraîne.

Le monde toujours jeune a besoin d'un appui ; le passé voudrait le soutenir par une lisière, et c'est l'avenir qu'il regarde sans cesse, qui le fait marcher.

Notre esprit, toujours troublé, n'aperçoit que le moment qui nous égare ; le passé s'abaisse comme un voile, et c'est sur un nuage que l'espérance arrive.

Nous sommes trompés le plus souvent sur le travail qui nous occupe ; et notre esprit qui se redresse mesure le soleil, et cherche à lire dans les cieux.

Nous nous trompons sur tout, et l'esprit qui s'égare sans cesse, se met à la recherche des choses qui troublent son esprit.

L'erreur qui nous accompagne nous poursuit toujours ; et c'est parce que nous tombons à chaque pas, que nous jetons un voile sur les merveilles qui nous entourent.

L'univers, c'est le chaos pour l'esprit qui tourbillonne ; l'existence qui nous éclaire, le plus souvent un tombeau ; et le présent, que l'on ne saisit jamais, une misère.

Les choses ont un nom ; les qualités quelquefois nous les désignent ; dans le monde souvent les expressions nous manquent, et nous ne sentons qu'à demi ce qui nous touche.

Le monde change, les hommes passent, et ce sont des noms qui nous restent ; le siècle passe, les noms même disparaissent, et nous n'apercevons que la couleur du moment.

Le monde est toujours nouveau, les siècles se succèdent; et c'est l'oubli qui semble nous arrêter sur le néant, en face d'un autre monde encore plus jeune, qui nous pousse.

L'esprit le plus souvent est en émoi sur les sensations qui le trompent; et le cri qu'il jette, est une exclamation qu'un monde, le plus souvent trompeur, ne sait jamais comprendre.

L'expression se désigne, et les choses se forment; le monde, dans sa variété, se recherche, et c'est le contact des sympathies, dans leurs caractères les plus souvent homogènes, qui font son existence.

Le monde se recherche, et l'expression arrive; c'est celle du moment pour le courant du monde, et, pour les grands esprits, ce sera celle de la fin et du commencement.

Je parle, et l'homme écoute; les esprits se bouleversent; l'univers est en silence; la parole c'est moi; je suis le seul qui l'annonce, et la pensée qui lui sert de voile, se conservera jusqu'à la fin.

J'existe, mais *je suis*; le monde est mon ouvrage; l'imagination qui se réveille, et le monde qui marche, me prêtent leur soutien.